رواية

الخديعة

د. جُمان الريحاني

غلاف الكتاب من تصميم د. جمان الريحاني

e-mail: dr.jumanalrihani@gmail.com

الطبعة الأولى: 2024

ISBN: 9798224661763

إهداء..

إهداء إلى الحب وثمار الحب

إهداء إلى الحقيقة التي لا تموت

إهداء إلى الأمومة بحق والأبوة بقوة الحب

إهداء إلى الطموح والشهرة والجهد ومحبة

الجمهور

إهداء إلى الذين يتمتعون بقلوب طيبة وبريئة

جمان الريحاني

الحقيقة الكامنة

لم تكن الفنانة الجميلة الواعدة الصاعدة نور محسن، إلا ابنة الممثلة الرائعة الراحلة نوران، التي أشيع أنها تزوجت مرتين ولم ترزق بأولاد.

كانت نور هي ابنتها الوحيدة، ولكن لا أحد يعرف بالأمر لأنها ابنة من زواج سري.

والجمهور لا يعرف ذلك، بل يعرف الممثلة القديرة نوران وأيضا يعرف الممثلة الشابة الجميلة نور، ولا توجد أية علاقة تربطهما في العلن.

تزوجت الممثلة نوران منتجا ومخرجا ولم يدم زواجها الأول والثاني من الزمن إلا شهرا و خمسة وعشرون يوما، لم تكن الأخبار ثابتة ولا أكيدة على مدة زواجها الأول ولا الثاني.

ثمرة الحب

الأكيد أنه لم يكن لدى نوران أولاد، فهي لم تقدم أولادها للجمهور والناس، ولكن في الحقيقة، في حقيقة الأمر كانت الفنانة القديرة نوران في السر قد تزوجت في بداية مشوارها الفني برجل سياسي.

لقد كان هو حب حياتها وحبيبها وزوجها، لذا قررت الارتباط به ولو في السر.

وقد اتفقا على عدم إعلان الأمر لأن ذلك السياسي كان متزوجا، وكانت له عائلته التي يقدمها للمجتمع، كما أن

له علاقاته السياسية وصورته وسمعته التي يحافظ عليها بحياته ولا يريد لها أن تهتز، أو تنكسر.

لم يكن ذلك السياسي يريد لحياته أن تتأثر لأنه وقع في حب ممثلة.

لو تسربت إشاعات عن الموضوع أو كشف الأمر لكانت حياته قد تهدمت وسمعته كذلك، لخسر كل ما يملك.

أنجبت نوران من السياسي صاحب المنصب العالي ابنة، ولأن زواجهما لم يكن معلنا فقد قررت أن تكتب ابنتها على اسم إحدى العائلات المعروفة في الوسط الفني، مقابل مبلغا من المال والصداقة أيضا.

عائلة فنية

لم تكن العائلة لتتكبد عناء مصاريف الطفلة، بل ولم تكن لتصرف على ابنتها دينارا واحدا فقد استعارت اسمهم لأجل الطفلة فقط، وقد كانت حريصة على العناية بها وتفكر في مستقبلها.

وقد اختارت لها عائلة ذات صيت في الوسط الفني، لأنها كانت ومازالت حتى إنجابها لابنتها ممثلة وتحب التمثيل وتعشق هذا الوسط بكل تفاصيله.

لم تكن نوران لتترك عملها رغم الثروة التي تمتلكها، والمال الذي أغدقه عليها السياسي الذي أمَّنَ لها حياتها وحياة ابنتهما.

رغم اهتمام السياسي بالممثلة وحبه لها ورغم حبه لابنتهما إلا أنه قد أخبر نوران بقرار لم تكن تتوقعه، قرار كان صعب على الطرفين إلا أنه قد أخذه بعد طول تفكير.

لقد قرر بأنه سوف ينفصل عنها، ولن يبني علاقة مع ابنته لأنه بفعله ذلك قد يخرب حياته ويهدمها، وقد تعلم زوجته وأولاده بالأمر، وفي تلك الحالة سوف تحدث له الكثير من المشاكل، فهو لن المجازفة بعائلته كما أنه لن يستطيع التوفيق بينهما.

كان يفكر أيضا بأنه إذا بنا علاقة مع الطفلة وهي صغيرة لن يستطيع الانفصال عنها عندما تكبر.

لقد كان قرار العقل.

لم يكن ليجد حلا إلا الانفصال عن حبيبته.

فقرر الخروج من حياتها، بعد أن سمح لها بإنجاب الطفلة.

كان السياسي صلاح مؤيد قد اشترى لنوران شقة في باريس، وهذا ما جعلها تسافر لكي تنجب ابنتها هناك مع العلم بأنها كانت تقضي معه رحلات راحة واستجمام، وكانا يفضلان قضاء الأعياد في تلك الشقة فقد كانت نوران تحبها وتحب العيش فيها.

سافرت نوران قبل موعد ولادتها بربعه أشهر وقد كانت تخفي حملها خلف الملابس الفضفاضة قبل ذلك في بلادها، وكانت تفعل ذلك عندما تخرج خارج البيت خوفا من أن يلتقط لها أحد صورة أو يشك أي أحد

بالأمر، كما أنها قد جعلت جدول أعمالها خفيفا منذ أول مرة علمت بأمر الحمل حتى أصبحت لا تكاد تعمل.

وبعد ذلك أنجبت طفلة جميلة تشبهها

لم تكن تريد العودة، ولكنها كانت تسافر تذهب وتعود من أجل عملها لأنها لم تنقطع، بل فقط جعلت مدير أعمالها يجعل لها جدولا يتناسب وظروفها الجديدة

لأنها كانت تريد أن تعيش مع ابنتها، ولا تريد أن تضيع لحظه من طفولتها.

لم تكن تريد تفويت لحظة واحدة من طفولة ابنتها الصغيرة الجميلة، وكانت حريصة على جعل طفولتها طفولة سعيدة لا تنسى، لقد كانت تحبها حبا مضاعفا، تحبها لأنها ابنتها الوحيدة وتحبها حبها لوالدها السياسي لأنه كان حب حياتها، وهي تكن له حبا عظيما لم ينته ذلك الحب الذي كان بينهما بالانفصال.

لم تكن نوران تريد أن تتزوج مرة أخرى أبدا، لأنها كانت تعتبر السياسي صلاح مؤيد هو حب حياتها ولا

تريد أي رجل غيره في حياتها، اكتفت بحبه وملأ
حياتها بكل أيامها الماضية والقادمة.

الرعاية من بعيد

أما بالنسبة للسياسي صلاح مؤيد فقد كان يتابع أخبار نوران وابنتهما من بعيد، ويقدم المساعدة أحيانا ولكن دون أن يتدخل بشكل مباشر أو يظهر في الصورة.

لم يعد السياسي على علاقة بها لأن زوجته كانت لتشك بأن له علاقة غرامية أن أصبح يقضي وقتا أكبر مع نوران وابنتهما.

لكن السياسي كان حريصا، لذا هي لا تعلم حقيقة الأمر رغم بعض الشكوك التي راودتها في أحد الأوقات.

أما نوران فقد كانت تعيش حياتها مع ابنتها في الخفاء، ولكنها رغم ولادتها في باريس، إلا أنها حرصت على كتابة ابنتها على اسم عائله صديق لها في الأوراق الرسمية في بلدها العربي.

بعد مرور سنوات، ادعت زوجه الفنان أنها قد ولدت طفلة، وأطلقت عليها اسم نور محسن على زوجها الفنان محسن (الفنان محسن صديق نوران الذي أعطى اسمه لابنتها هي والسياسي) فأصبح لنور ابنة نوران جنسيتان وشخصيتان، إحداهما ولدت في باريس والثانية في بلد عربي.. بلد والدتها.

لقد كانت نوران تحرص على تربيه ابنتها وتلقينها تعليما جيدا كما أنها كانت تضع لها مربية عربية من بلدها لكي تتقن اللغة العربية، بل ولهجة بلدها الأم.

عندما بلغت نور ستة سنوات أدخلتها والدتها إلى مدرسة عربية في باريس، لكي لا تنسى لغتها الأم، رغم أنها كانت في مدرسة فرنسية نفس الوقت.

هكذا مرت سنوات وكبرت الفتاة، وعاشت طفولتها ومراهقتها في باريس.

كانت طفلة عادية، تعلم بأن والدتها ممثلة، ولكن من غير المسموح لها بالتحدث عن حياتهم الخاصة أمام أي أحد.

وعندما أصبحت نور فتاة شابة أخبرتها والدتها
بالحقيقة عن والدها، وأخبرتهما بقصة حبهما وكل
الماضي الذي كان بينهما والعلاقة التي كانت تربطهما.

لقد كانت نوران صريحة مع ابنتها، كما كانت الابنة
متفهمة لما سمعته وتقبلت القصة بكل وعي.

حزنت الفتاة قليلا لأنها اعتقدت بأنه ميت، فكانت
تتساءل في نفسها وتقول:

كيف له أن يتخلى عن طفلته الصغيرة بينما يعتني بأولاده من زوجته الأولى؟

أليس هذا ظلم؟ أليست أنانية منه؟

لقد حزّ الأمر في قلبها رغم مواساة والدتها لها، وكلامها الطيب والدها، وكل الحب الذي ظهر في عينيها عندما تذكرت حبيبها وزوجها، ورغم كلامها عن والد طفلتها بكل حب.

وعندما شرحت لها والدتها الوضع، وكيف أنها كانت بينهما علاقة حبّ متينة، وأنها لم تكن تريد أن تهدم له حياته العائلية والسياسية، ثم أخبرتها بأنها تحبها أكثر من أي شيء في هذا العالم، وقالت:

لا تقلقي يا حبيبتي ولا تحقدي على والدك، لأنني كنت ومازلت أحبه، ولن أنسى حبي له..

حبي له لم يتوقف بانفصالنا

نور:

رغم كل ما حصل بينكما!؟

السيدة نوران:

أجل.. رغم كل ما حصل بيننا

نور:

ورغم أنه قد طلقك!؟

السيدة نوران:

ورغم أنه قد طلقني، اسمعي يا بنيتي زواجنا قد كان عن حب، وطلاقنا كان بالاتفاق ومن طرفنا نحن الاثنان.

لقد توصلنا إلى الطلاق بالاتفاق، وهو لم يظلمني أبدا. لا تعتقدي أن والدك ظالم يا بنيتي..

نور:

ولكنه قد ظلمني أنا

السيدة نوران:

لم يظلمك يا حبيبتي، بل هي الظروف التي كنا نعيشها، لقد كانت الظروف أقوى مني ومنه.

وأنا متأكدة أنه يحبك

نور:

يحبني!؟

السيدة نوران:

أجل يحبك فأنت ابنته، ، كما أنك أنت ثمرة حبنا

نور:

وكيف يحبني وهو لا يعرفني؟

السيدة نوران:

كل والدك يحب أبناءه جميعا، إلا أن ظروف والدك ليس كظروف بقية الآباء.

نور:

أجل.. أعرف أنه سياسي، وله مكانته في المجتمع.

السيدة نوران:

أرجوك يا بنيتي.. لا تجعلي الأمر معقدا أكثر

اسمعي أنت ابنتي، وأنا كنت لكي الأم والأب، فهل

قصرت معك في شيء؟

هل شعرت بأنه ينقصك شيء، هل نقصك الحب يوما؟

نور:

لا.. لم ينقصني شيء أبدا

أنت كنت لي نعم الأم، ونعم الأب.

السيدة نوران:

وسف أحبك إلى الأبد، واعلمي أن والدك يحبك،

وسوف يحبك داما حتى وان لم يكن في حياتنا، إلا انه

يحبنا نحن الاثنتان، وأنا متأكدة من ذلك.

نور:

هل أنت فعلا متأكدة؟

السيدة نوران:

أجل.. متأكدة.. ويمكنني أن أقسم لكي على صحة كلامي

نور:

لا داعي للقسم يا والدتي أنت تعلمين بأنني أصدق كلامك ولا أشكك بأيّة كلمة.

السيدة نوران:

شكرا.. حبيبتي على الثقة.

نور:

لا تقلقي يا والدتي، لن أفعل إلا ما يرضيك.

السيدة نوران:

حبيبتي.. أنت أجمل ابنة يمكن لأي امرأة أن تحصل عليها

أنت حلم كل أم وأنا فخورة أنك ابنتي وأنني والدتك

نور:

وأنا فخورة بك يا أمي، وأحبك.

السيدة نوران:

اسمعي.. لدي اقتراح لك، وأعتقد أنه سوف ينال إعجابك

نور:

ما هو؟

السيدة نوران:

أنا مستعدة لأن أصنع منك نجمة

نور:

نجمة!؟

السيدة نوران:

أجل.. نجمة مثلي

نجمة سينما أو تلفزيون

نور:

لا أعرف..

السيدة نوران:

نجمة يحبها كل الناس، ولها جمهور يعشق جمالها وفنها،

استغربت الفتاه التي لم تكن تحلم يوما بالعودة إلى الوطن العربي، ولكن والدتها كانت تضع لها مخططا رائعا

فقالت لها:

أنا لم أفكر في العودة إلى البلاد أبدا، ولا أعرف إن كانت لي رغبة في العودة، فأنا أنتمي إلى هذا المكان الذي عشت فيه كل حياتي.

السيدة نوران:

لا تقلقي يا ابنتي لأنني قد فكرت في كل شيء، وأعدك بأنه لن يختلف عنك شيء.

سوف تشعرين بالراحة والانتماء.

نور:

ماذا عن دراستي؟

السيدة نوران:

لا تشغلي بالكي بأي شيء لأنني أنا سأفكر في كل التفاصيل..

ركزي في دراستك فقط، وعندما يحين الوقت المناسب سوف أخبرك بكل شيء.

عشق وحب

بعد مرور بعض الوقت، وبعد أن أكملت دراستها الجامعية، جاء موعد عودتها إلى بلادها رفقه والدتها، ولكن في هذه الفترة، كانت نور قد دخلت في علاقة غرامية مع زميل لها اسمه فيليب دانسر.

لم تعارض والدتها علاقة ابنتها بالشاب لأنها تؤمن بالحب و تعتبره هديه من الله، والله وحده هو من يجمع قلبين،

فكيف للبشر التفكير في فصل قلبين جمعهما الله!؟.

تزوجت نور بدل عودتها إلى بلادها، وكونت أسرة بدل أن تصنع طريقا لها في عالم الفن والنجومية، ولكن كان هذا اختيارها الذي احترمته والدتها.

احترمت والدتها علاقتها وحبها واحترمت إصرارها، وتركت القرار لها، وعندما أخذت ابنتها القرار الذي كانت ترى بأنه الأنسب دعمتها بكل ما أوتيت من قوة، وشجعتها كما أنها وبالرغم من حزنها لأنها كانت تريد لها مستقبلا مختلفا وكانت تريد أن تراها نجمة مثلها إلا أنها كانت تريدها وسعيدة لسعادتها.

لقد اكتفت بتحقيق أحلام ابنتها، ولم تكن أنانية لتمنعها من السعادة في سبيل تحقيق هدفها وسعادتها هي.

حب وحياة

عاشت نور مع فيليب مهندس القطارات ثمانية سنوات، أنجبت خلالها طفلا وطفلة جميلين.

لقد كانت حياتهما مثالية، زوجين وطفلين، زوجين يجمعهما الحب وبيت مليء بالحب.

مرت تلك السنوات بسعادة كبيرة وحب يشبه الحب الأسطوري وحب الروايات، فنور وفيليب لم يختلفا يوما ولا حتى خلاف بسيط، بل كانا مثالا للزوجين والحبيبين اللذين خلقا لبعضهما.

وفي يوم، لم يعد فيليب إلى بيته الساعة الخامسة بعد العصر ككل يوم، وإذا بأحد يتصل لكي يخبر زوجته أنه تم نقله إلى المستشفى.

عاشت نور وزوجها في فرنسا حيث تربت وقضت كل حياتها، وفي تلك السنوات، لم تكن نوران تسافر إلى فرنسا كثيرا، ليس بالمعدل المعتاد لأن ابنتها لم تكن بحاجه إليها كما في السابق، بل أصبحت تزورهم فقط في المناسبات والأعياد، وانكبت على التمثيل دون انقطاع.

لقد كانت تشعر بأن ابنتها في آمان، وأن هناك من يؤنس وحدتها، ويملأ حياتها بالحب فقد كان ظهور فيليب في حياة نور أمر ايجابي ووجدت توأم حياتها وهذا بث الطمأنينة في بال نوران.

كان فيليب رجلا صالحا، وهذا ما جعل نوران تضع ثقتها فيه، وخاصة أنها رأت بأنه يهب كل حياته في سبيلها وأنه يبذل كل شيء في سبيل سعادتها.

لقد رأت نوران بأن نور قد تغيرت بعد ظهور فيليب في حياتها، لأنها أصبحت تشع بالسعادة، وعيونها تلمع بالحب، ونفس الحالة كان فيها كان فيليب، وهذا ما جعل نوران تطمئن لأن ما كانت تراه في عيني ابنتها، وعيني فيليب، هو نفسه ما كانت تراه في عيني زوجها وحبيبها السابق.

فاجعة الموت

اتصلت نور بوالدتها وأخبرتها بأن فيليب زوجها قد مات، صدمت نوران بالخبر فسارعت وصعدت على متن أوّل طائرة متوجهة إلى فرنسا.

اتجهت إلى حيث ابنتها التي لبست الأسود على زوجها الذي تركها وولديها لوحدهم في هذه الحياة.

كانت نور في حاله نفسية صعبة، ولم تستطع نوران أن تخرجها منها رغم كل محاولاتها.

تقطعت بنوران السبل لكي تخرج ابنتها الحبيبة من حزنها على زوجها، ولكن حزن نور كان مضاعفا فهي حزينة على زوجها، وحزينة على والد طفليها، وحزينة على فراق حب حياتها.

وبعد مدة من الزمن، قضتها نور في الحزن في غرفتها، تذكرت نوران ما كانت قد اقترحته على نور في السابق، بخصوص موضوع التمثيل والنجومية، فقررت أن تعيد مفاتحتها في الأمر.

لقد فكرت بأنها ربما تكون الفرصة مناسبة لكي تحدثها في هذا الموضوع الذي سوف يغير لها حياتها، وأيضا ربما يجعلها تخرج من حالتها النفسية هذه، وأيضا قد يساعدها على الشفاء من حزنها.

بعد شهرين.. تمكنت نوران من إقناع ابنتها بالموضوع، وعادت بها مع ولديها إلى بلادهم، لقد كانت نوران تفكر في أن ابنتها سوف تخرج من الحزن، إذا بدأت العمل في التمثيل، وأصبحت تخرج من البيت فتخرج من حزنها أيضا.

فالعمل سوف يشغلها، وأيضا النجومية سوف تأخذها إلى عالم آخر، كما كانت تفكر في أن تغيير مكان السكن والبلاد سوف يفيدها ويفيد الولدين.

كانت نور في الثلاثين من عمرها وأم لولدين، وكانت هي ابنة الممثلة الشهيرة نوران الوحيدة، وكان لنوران

علاقات جيدة جدا في الوسط الفني، وكل هذه الأمور تخدم صالحها، وتخدم مصالحها.

وضعت نوران تحت تصرف ابنتها نور مدير أعمال ذكي جدا، لكي يسهر على أمورها في العمل، وسمعتها كممثلة وهكذا..

نجم صاعد

قدّمت الممثلة نوران ابنتها في أول مسلسل درامي لها، تمّ تقديمها على أنها ابنة الفنان محسن وزوجته الفنانة رعد، ابنة الثامنة عشر من عمرها، تدرس بكلية الآداب

وهكذا تمّ تقديم هذه الفنانة الصاعدة للجمهور

ولأن نور كان فتاة جميلة جدا، لم يشكّ أي أحد أنها ليست ابنة الثامنة عشر من عمرها، إلا أن دلال والدتها لها كان باد على وجهها، وحبها لزوجها الراحل

قد جعل وجهها يشعّ بالجمال، ورغم وفاته إلا أن ولديها كان يمدانها بالحياة والحيوية والجمال.

سيرة مهنية

وهكذا في فترة وجيزة تمّ بناء حياة فنية ومهنية للفنانة نور، وأصبحت ذات صيت وسط الفنانين.

لقد تمّ تقديمها بعناية، وتمّ العمل على سيرتها الذاتية بعناية، كما تم تدريبها على التمثيل بشكل جيد جدا.

وكذلك أصبح لها جمهور كبير وانتشار واسع، لقد كانت تحصل على أفضل الأدوار، والتي تظهر جمالها وحسنها، وأدبها ودلالها، وأيضا موهبتها في التمثيل التي يبدو أنها قد ورثتها عن والدتها.

البدايات الناجحة

مرت السنوات الأولى، التي هي أهم مرحله بالنسبة للفنان ايجابيه، والأكثر أهمية لبناء مسيرته المهنية، للحصول على ردود فعل ايجابية، ولبناء قاعدة جماهيرية جيدة، وأيضا من أجل الحصول على أفضل الفرص والأدوار، ولكن ليس بالنسبة لنور التي كانت الأدوار هي التي تطرق باب القصر، الذي اشترته لها والدته عندما علمت بأنها سوف ترافقها إلى بلادها.

اشترت نوران من أجل ابنتها لكي تعيش فيه، فهي لم تكن تريد أن تأخذها إلى فلتها، بل فضلت أن تختار لها قصرا كبيرا بعيدا عن المدينة، وذلك من أجل الحصول على الخصوصية هي وعائلتها الجديدة، هي وابنتها وولديها الصغيرين.

كان البيت فيلا كبيرة أشبه بالقصر، ولها مساحة كبيرة تحيط بها، وحديقة واسعة، ولها حمام سباحة داخلي وآخر خارجي، ومساحة للعب من أجل الأولاد، وغرفة داخلية للعب وحديقة داخلية أيضا،

يتكون القصر من أربع طوابق تكفي للعمل والحياة الأسرية، ودراسة الطفلين، لأنها فكرت في أن يكملا دراستهما في البيت.

وهناك أيضا سكن إضافي، ومنفصل من أجل الخدم الذين يقيمون، ويعملون في نفس الوقت.

تحقيق النجاح

بعد مرور ثلاثة سنوات، حققت نور نجاحا كبيرا ونالت شهره واسعة، وأصبح لها تواجدها في ميدان الفن والدراما والتلفزيون، بل أصبحت فنانه بحق، وحققت نفسها كفنانة وفرضت ذاتها، وقد كان المخرجون يتهافتون عليها بالأدوار البطولية والتي تناسبها تماما.

وكذلك الأمر بالنسبة للمنتجين الذين كانوا يريدون التقرب من نوران، أو حتى لرد بعض جمايلها، أو لإسدائها خدمة.

لم يخلو الأمر من الغيرة والمنافسة في وسط الوجوه الشابة الصاعدة، والذين كانوا يتنافسون لأخذ الأدوار والبطولات، ولكن نور كانت مدعومة ولا خوف عليها لا من المنافسة ولا من غيرها.

لقد كانت نور في حصن منيع ووراءها والدة من حديد، كما أنها كانت فقط مثل العصفورة الجميلة البريئة، ووالدتها تحيط بها من كل النواحي والجوانب لحمايتها.

وفي يوم اكتشفت نوران بأنها مريضة، وأنها تعاني من مرض خطير، وبأنها سوف تفارق الحياة لأن المرض الذي هي مصابة به هو مرض خطير جدا وقاتل، وهذا ما جعلها تخاف على ابنتها من فراقها ومن بعدها.

لم تفكر نوران في نفسها، بل انصب كل تفكيرها على ابنتها وصدمة الخبر عليها، لقد كانت تشعر بالألم من أجل ابنتها التي ليس لها أحد في الحياة والدتها وطفليها.

لقد كانت نوران بمثابة الوالدة، والوالد والصدر الحنون والحماية، وكل شيء بالنسبة لنور.

شعرت نوران بالخوف لما سيحصل لابنتها بعدها، كيف لها أن تتركها لوحدها في هذا العالم الكبير؟

كيف تتركها لوحدها، فابنتها رغم كل شيء، رغم حياة الترف والمال والثروة إلا أنها كانت بريئة طيبة وعلى نياتها، ولا تعرف كل ما يحاك خلف الكواليس من ناتج عن الغيرة لما يحدث معها.

هكذا كان الوقت أمام نوران في حدود السنة، السنة التي لم تكن بالوقت الكبير، وابنتها كانت سعيدة بشهرتها، بل وفي أوج شهرتها وفي أوج سعادتها لذا لم يكن يهون عليها أن تنغص عليها سعادتها.

بينما الفتاة تقفز من سعادتها، كانت الوالدة تفكر في حلّ وسط، تفكر في هل تستطيع أن تخبر ابنتها أم يجب أن

تخفي عنها الأمر لبعض الوقت، ولكن الوقت لم يكن
في صالحها، وقد كان ليكشف الأمر آجلا أو عاجلا.

لقد فكرت نوران كثيرا، ولم يعد يشغل بالها إلا هذا الأمر الصعب، والذي بثّ في قلبها وعقلها الحيرة، وجعلها تفكر كثيرا في مستقبل ابنتها.

ولكن.. لم يكن باليد حيلة كان من المستحيل أن تتصل بوالد نور.

فما العمل؟

هل تترك ابنتها وحيدة؟

لقد كانت تفكر في ابنتها، والحزن يملأ قلبها وحياتها،

كانت تفكر، وتتساءل:

كانت تفكر في أن ابنتها سوف تجنّ عندما تسمع بهذا الخبر

سوف يكون وقع الخبر عليها قويا، وربما يعاني من صدمة أخرى، وقد تدخل في حالة نفسية، مثل تلك الحالة التي أصابتها بموت زوجها.

لقد كانت تشعر بالحزن والأسى على حالة ابنتها

وتشعر بالشفقة على حالها.

فكانت تذرف الدموع وتتساءل:

ألا يكفي أنها تخلى عنها والدها وهي صغيرة؟

ألا يكفي أن خطف الموت زوجها وهي في بداية حياتها الزوجية؟ وها قد أصبحت أرملة

ألا يكفي أنه أصبح ولداها يتيمين؟

ألا تكفي كل هذه المصائب؟

نور المسكينة..

ما الذي بقي لدنيا لم تفعله في نور؟

كانت والدها تتساءل ودموعها على خدها وهي لا تزال تفكر في فراق ابنتها، وكم هو صعب عليها، وسوف يكون صعبا على ابنتها بالطبع، وربما لن تتقبله ابنتها المسكينة.

لم تكن علاقة نور مع أسرتها العربية، أي أسرة الممثل محسن وزوجته الفنانة رعد جيدة، بل كانت مجرد صورة اجتماعيه فقط، ولكنهم كانوا أصدقاء جيدين لنوران، ورغم ذلك لم تكن نوران لتطمئن على ابنتها مع أي احد بعدها.

لقد كانت هي كل عائلتها، وكانت تعلم بأن ابنتها هذه المرة، سوف تبقى لوحدها بالفعل.

سوف تصبح يتيمة، ووحيدة في الحياة.

كيف لابنتها البريئة والرقيقة أن تعيش لوحدها في مجتمع الوحوش هذا.

لكن محسن.. وبعد أن سمع قصتها، وبعد أن قصّت عليه مشكلتها وأخبرته بكل مخاوفها نصحها بأن تجد لها زوجا يقف بجانبها وتكمل حياتها معه، زوجا جيدا يصبح أبا لأطفالها.

زوج يحبها ويقف إلى جنبها، ويحميها ويواسيها، زوج يسعد لسعادتها ويحزن لحزنها، زوج يقف معها في كل حلو ومر.

أخبرته نوران بأن نور لا تريد ولا تفكر في الارتباط، فكيف يمكن لها أن تقنعها

كان الحل مثاليا ولأن نوران تريد لابنتها زوجا مخلصا، وأيضا يساعدها في عملها ففضلت أن يكون من الوسط الفني، رغم أنها لا تعرف إن كانت ستوافق على فكرتها هذه التي سوف توصلها لها بطريقة أو بأخرى.

لقد كانت تفكر في الفكرة من ناحية المبدأ، والتي يبدو أن نور كانت لترفضها قطعا، وبدون تفكير في الموضوع، ولكن هذه الفكرة كانت الحل الأمثل بالنسبة لنوران، التي ارتاحت لهذا الاقتراح.

أخبرها السيد محسن بأنه سوف يساعدها في البحث عن زوج مناسب لنور، وقد كان يفكر في شخص معين، ولكنه لم يخبرها عن ذلك الشخص الذي كان يفكر فيه، من أجل أن يقترح الموضوع على الشاب أولا، ويعرف إذا كان الأمر يناسبه لكي لا يجعلها تتأمل في شخص قد يرفض لسبب أو لآخر.

لقد كان السيد محسن يفكر في شخص معين رأى أنه الأنسب لنور من كل الجوانب، فكان يريد أن يقوم بطرح الموضوع عليه لكي يعرف إن كان سيوافق على الفكرة أو ربما لا يفكر في الارتباط مثلا.

لقد فضل أن يعرف رأي الشاب أولا.

فيما تقوم نوران بإقناع ابنتها بالزواج، ولكن نوران فضلت أن تعرض الموضوع فقط على ابنتها، وأن لا تصر عليها بل أن تنتظر إيجاد زوج لكي تقنعها بالموضوع، وبالشخص المتقدم لها أيضا.

فالموضوع في تلك الحالة سوف يكون جدي، وإقناع ابنتها به سوف يكون منطقيا أكثر.

الزوج المناسب

وقع اختيار الفنان محسن على المنتج أنس مختار وهو يعرف جيد المعرفة، وقد كان يعرف والده جيدا، فقد كان صديق طفولته وشبابه، أما انس فهو شاب رائع محترم ومستقيم.

شاب مجد في عمله وذكي ووسيم، كان أنس يعتبر محسن مثل والده، يأخذ برأيه ويستشيره كثيرا، وكان يعرف بأن العم محسن له ولدان فقط، لأنه مقرب من العائلة كثيرا، لذا فهو يعرف بأن العم محسن يضع نور على اسمه وليست ابنته في الحقيقة، وهذا بعد أن قدمها

إلى الوسط الفني والجمهور على أنها ابنته الحقيقية، وأنه لم يرها أحد من قبل لأن السيد محسن كان يحب إبقاء عائلته بعيدا عن الأضواء، لكي يحظى أطفاله وعائلته بحياة عادية ولا يعرضهم للمضايقات التي قد تؤثر في طفولتهم وحياتهم.

لكن أنس لم يكن يدرك الحقيقة الكاملة وراء نور، وعلاقتها الحقيقية بالسيد محسن، ولا علاقتها بالممثلة القديرة نوران، والتي لا يعرف عنها أحد شيئا، ولم يكن يعرف لما قدمها العم محسن على أنها ابنته.

ولكن كل هذا كان ليخربه به محسن بالطبع لأنه يجب أن يطلعه على كل الظروف، لكي يتخذ القرار المناسب وفق الظروف الحقيقية، وكل الحقيقة.

كان أنس قد جرب حظه مرة سابقا وارتبط ولكن زواجه لم يستمر إلا عدة أشهر، فحصل على الطلاق ولم يثمر زواجه بأولاد.

ومنذ ذلك الوقت، أخرج أنس موضوع الزواج من رأسه ومن تفكيره تماما، لاعتقاده بأنه اختار فتاة أحبها وتزوج بها، ولكنها كانت تريد أن تستعمله للظهور والشهرة فقط وعندما فهم الأمر انفصل عنها بدون تردد، وأنهى العلاقة التي لم تكن صحيحة ولا صحية ولا سليمة.

عرض زواج

فاتح العم محسن أنس في الأمر، وصارحه بكل الحقيقة، وأخبره بأن ابنته التي كان أنس يعلم بأنها ليست ابنة العم محسن الحقيقية، هي في مشكلة كبيرة ويريد منه المساعدة، كما قال له بأنها فتاة رائعة، وهو يتمنى له زوجة مثلها.

زوجة رقيقة وحساسة، حنونة وجميلة، بريئة وشفافة.

شعر أنس بداية الأمر بالشفقة على نور، ولكن العم محسن طلب منه الزواج بها لمصلحته لكي يستقر ويكون أسره ولصالحها هي أيضا، لكي لا تبقى لوحدها بعد مغادرة والدتها لهذه الحياة، وخاصة أنه لم يعد هناك الكثير من الوقت.

لم يكن لدى أنس سبب للرفض كما أنه لم يكن يفكر في الزواج، ولكنه لم ير مانعا من ذلك، فالفتاة جميلة ومثقفة وبريئة، وهو يعلم بأن السيد محسن لم يكن لينصحه بالزواج بها، لو لم تكن بالفعل فتاة جيدة، ومناسبة له.

كانت خطه العم محسن لجمع الاثنين بأن أرسل سيناريو مسلسل لنور في دور البطولة، والمسلسل من إنتاج أنس لكي يتعرف الاثنان على بعضهما البعض بشكل جيد ومقبول، ولكي تنمو بينهما علاقة تكون في بدايتها مهنية وصداقة حتى يتقربا من بعضهما، وتنمو بينهما مشاعر، ربما إعجاب وميل من أجل أن تكون هناك مشاعر مشتركة.

بوادر الحب

قامت نوران بدعوة أنس ومحسن على العشاء في بيتها بعد موافقة نور على تأدية الدور، وبعد أن تعرف على كل طاقم العمل بمن فيهم أنس الذي تودد إليها، وبعد أن نشأت بينهما علاقة صداقة.

لاحظت نوران بأن نور تستلطف أنس، أما هو فقط كان يعامل طفليها بود كبير وهذا ما أثّر في الجميع.

لم يكن أنس يعامل الطفلين بهذه الطريقة لا من باب الشفة على والدتهما ولا عليهما، ولا مراءاة للسيد محسن ولا للسيدة نوران، بل على العكس تماما فقد

شعر بالحب تجاههما، وأيضا أصبحت تربطه بهما علاقة مميزة.

لقد كان الطفلين جميلين مثل والدتهما، وبريئين وأيضا مؤدبين ويسعل التعامل معهما.

لقد نشأت علاقة طيبه بين نور وأنس وأصبح من المعروف في طاقم المسلسل الذي انطلق تصويره بأنهما (أنس ونور) على وفاق، وهذا ما أثار الغضب والغيرة في نفس إحدى الممثلات الصاعدات.

ظهرت الغيرة على بعض الممثلات، ولكن بصورة أكبر على الممثلة الصاعدة هذه بالذات، الممثلة اسمها لينا وهي ممثله لا بجمال نور ولا هي محظوظة مثل نور، فقد ظهرت لينا قبلها، ولكن نور أصبحت أكثر شهرة منها وفي وقت قصير.

بينما هي لازالت تناضل للحصول على أول دور بطولة لها، وهذا لم يحدث بعد.

كانت هذه الممثلة قد تحصلت على دور ثانوي في نفس المسلسل مع نور وأنس، ولم تكن سابقا تعرفها ولا لها علاقة بها بشكل مباشر، ولكن بسبب هذا المسلسل أصبح هناك احتكاك بينها وبين نور.

فكرت لينا سابقا في حياتها ومهنتها وفي السبيل لصعود سلم النجاح، ووجدت فكرة فكانت فكرتها كالآتي:

السرّ وراء النجاح والطريق الأسهل والمختصر هو علاقة مع مخرج أو منتج أو حتى ممثل ذا شهرة واسعة

لقد كانت هذه نظرتها وفكرتها عن النجاح السريع، وكانت هذه الطريقة التي تريد اعتمادها لكي تبني شهرة واسعة، ولكن لم تكن خطتها لتنجح مع أنس لأن هذا بالضبط ما حدث له مع زوجته السابقة، ولا يلدغ المؤمن من الجحر مرتين، وهذا ما جعله يعرض عن كل الفنانات واللواتي لهن علاقة بالوسط الفني.

لقد كانت صدمة أنس في زوجته الأولى قوية وهو يعلم تلك اللعبة جيدا، وربما يحتاط من الوقوع في فخ كهذا لوقوعه فيه سابقا..

طموح امرأة

كانت لينا ترى بأنه لحصولها على دور بطولة لن يكون إلا بتقربها من أحد المنتجين أو المخرجين، ولم تكن تظن بأن الزواج بشخص من هؤلاء قد يكون سهلا، لذا كان طموحات لينا كلها مرتكزة على علاقة غرامية مع شخصية بارزة، لكي تحصل على دور البطولة والشهرة الواسعة، ولكي تحقق كل أحلامها.

لقد كان لها طموحها الخاص وطريقتها الخاصة، لتحقيق ذلك الطموح وتلك الأحلام.

لم يكن نس هو المنتج الوحيد لهذا المسلسل، بل كان معه منتجان آخران، ولكنه كان هو المسئول عن اختيار طاقم التمثيل، والمسئول الأول عن اختيار الممثلين وكل طاقم العمل قبل انطلاق العمل.

وقد كانت هناك توصيات كبيرة من نوران ومحسن لكي تحصل نور على دور البطولة، وهذا ما حصل بالفعل.

كان أحد المنتجين الآخرين يعرف لينا وهو من أوصى لها بدور جيد، كان قد وعدها بالبطولة، ولكن عندما وطّد علاقته بها مرر لها دورا جيدا فقط، فدور البطولة كان من نصيب نور.

دور البطولة كان محجوزا، ولم يستطع ذلك المنتج أن يضع يده على الدور بسبب كل تلك التوصيات من أجل نور، ولولا نور لتمكن من حجز دور البطولة لصديقته بكل سهولة.

وهكذا اختار لها دورا جيدا وأقل أهمية، كما أخبرها بأنها ليست مضطرة لعمل هذا الدور ويمكنها أن تصبر حتى يجد لها مسلسلا آخر، وعندما أخبرها بذلك عرفت لينا بأنها خسرت الدور بسبب نور، وتحطمت كل طموحاتها بسببها.

الخسارة أسبابها

لقد خسرت لينا فرصة كبيرة، كانت لتكون انطلاقة جيدة لها، فرصة بحثت عنها لسنوات عديدة، فرصة انتظرتها لسنوات طويلة، وقد دفعت ثمنا كبيرا لأجل ذلك، ولكنها لم تحصل على ما تمنت.

كانت لينا تتعامل مع نور بشكل سطحي أمام طاقم العمل، وتسايرها قليلا أمام الممثلين وأي أحد من الموظفين، ولكنها في الحقيقة كانت تكرهها كثيرا

وتحقد عليها، لأسباب عديدة وأولها أنها قد سرقت منها حلمها، وخطفت منها الدور الذي كانت تراه مناسبا لها.

كانت لينا تحقد على نور وتغار منها، وعندما سمعت بأن أنس هو من كان مصرا على إعطاء نور الدور الأول، وتمكن من حجزه لها، قررت لينا أن تتقرب منه لأنه منتج له كلمه على الكثيرين.

والدليل على أن كلامه مسموع هو أنه قد حجز دور البطولة لنور، دون سابق معرفة بها، فهي تعلم جيدا بأنه أول تعامل بينهما والجميع يعلم ذلك.

وهكذا أصبح أنس هو هدفها الأول، لأنه القوة العظمى، في هذا المسلسل ويجب أن يكون هدفها الأول.

كانت نور لسوف تستفيد من علاقتها بأنس، سوف تغتنم فرصة توطيد علاقتها به من أجل الوصول إلى الكثير من الشخصيات المهمة في مجال الإنتاج.

لكن أنس كان يعرف هذا النوع من النساء مثل لينا جيدا لأنها مثل زوجته السابقة، أنانية، استغلالية ومتسلقة

كما كان قد سمع بعلاقاتها المتعددة مع المخرجين والمنتجين من أجل الأدوار التمثيلية.

لقد كان الجميع يعرفون حقيقة لينا.

اقتراب يوم الفراق

عندما علمت لينا بما يجري بين نور وأنس، تضايقت كثيرا، لقد شعرت للمرة الثانية، بأن نور تحاول تحطيمها بطريقة أو بأخرى، بعلم منها أو بدونه، بقصد أو بغير قصد، وهذا ما أثار غضبها وأشعل نار الغيرة والحقد داخلها تجاه نور.

حاولت لينا بكل الطرق أن تستحوذ على انتباه أنس، ولكن دون جدوى، لأن أنس كان قد تعلق فعلا بنور، كما أن له خلفية عن لينا.

لم تعرف لينا كيف لأنس أن ينجو من كل خططها، وأيضا كيف له أن يصد محاولاتها في كل مرة.

لقد كان يتصدى لها ولا يترك مجالا لفتح حوار بينهما ولا لأية محاولة بالنجاح.

كانت لينا ترى بأن أنس مبهور بنور وأيضا وكأن نور مستحوذة عليه، وعلى كل مشاعره وكأنه استعبدته فهو يلاحقها في كل مكان ويقوم بكل ما تحتاجه ويوفر لها كل ما يساعدها، وكل ما يجعل حياتها وعملها أسهل.

اقترب موعد وفاة الممثلة نوران، وهذا ما جعلها تطلب من محسن أن ترتبط ابنتها، وأنس قبل أن يحدث أي شيء لها، وقد بدأت حالتها تتدهور، ولكن ابنتها لم تعلم بذلك.

لقد كانت نور تعتقد بأن والدتها مصابة ببعض الإرهاق والتعب، وكانت نور تقضي ساعات طويلة في الأستوديو، وبعد العمل كان أنس يحرص على أن ترافقه للتنزه أو العشاء مثلا.

كان يشغل لها وقتها، وهذا بطلب من والدتها، لكي لا تشعر بمرضها، وعند الاقتراب من الانتهاء من المسلسل أعلن الثنائي خطبتهما، وأقاما حفلة خطوبة عائلية خاصة في فيلا نور.

لم تكن لينا تطيق نظرات أنس ونور المتبادلة، ولا اهتمامه بها، وسهره على راحتها في الأستوديو، لقد كان يعبر لها عن حبه دائما، وبكل تصرف ولو كان بسيطا.

أصبحت لينا كالمجنونة، ولا ترى أمامها إلا نور التي سرقت منها كل شيء، وقد تصدرت نور فعلا كل المجلات الإعلانية للمسلسلات وكان دخلها منه مضاعفا، ولكن يكفيها أن كان اسمها في المقدمة.

كان اسمها يظهر الأول في بداية تتر البداية "الجينيريك" كما أن صورتها كانت بارزة في لوحه الإعلان.

ولم يكف نور في نظر لينا كل هذا، بل تصدرت الصحف والمجلات بخبر خطوبتها من المنتج أنس مختار.

كان ما يحدث تحطيميا بالنسبة للينا التي دخلت في اكتئاب، بعد أن أصيبت بانهيار عصبي لأن كل محاولاتها قد باءت بالفشل.

حاولت أن تحصل على أنس مختار وبذلت جهدها للحصول على دور البطولة، كان عليها أن تبذل جهدا مضاعفا في التمثيل وتقمص دورها، ولكن كل النقد الايجابي يذهب إلى نور طبعا.

كل الآراء الايجابية تصب في صالح نور وكأن القدر لا يفعل شيئا إلا لصالح نور.

قرر أنس ونور الاحتفال بزواجهما الأسبوع الذي يلي الانتهاء من تصوير المسلسل، طلبت نوران (التي أقنعت ابنتها بحب أنس لها ولطفليها) بأن تتزوج به لأنه كان يحبها، وقد شعرت نور بذلك أيضا وهذا ما جعلها تقتنع، وتوافق وخاصة أنها شعرت بحبه لطفليها أيضا.

أخبرتها والدتها بأن تظهر أولادها للوجود بعد الزواج وأن تقول بأنها رزقت بتوأم بعد مرور سنة من الزواج، و بعد ذلك بعدة سنوات يمكنها في مرحلة الشباب أن تقدمهم للسينما والتلفزيون، ولن يلاحظ أحد الفرق في السّن كما حدث معها هي بالضبط، لقد كانت

خطة محبوكة الأركان وجيدة ولطالما نجحت مع الكثيرين.

اقتنعت نور بالموضوع، وأصبحت لها حياتها من جديد، ورجل يحبها، ويحب ولديها.

أصبح لها حبيب، وأصبح لطفليها والد من جديد، لقد كان يعاملهما كأنه والدهما الحقيقي ويحبهما بمقدار حبه لنور.

بدأت الحياة تبتسم في وجه نور من جديد، وبدأت تصبح طبيعية.

ولكن نور لا تعلم الحقيقية، التي كانت والدتها تخفيها عنها كل المدة الماضية.

الفراق..

سافرت نور وزوجها وولديها إلى بيتهم في باريس لقضاء شهر العسل، وخلال تلك الفترة توفيت والدتها، مما جعلهم ينقلون جثمانها إلى باريس لدفنها هناك، لأنها كانت رغبتها، فلا أحد لها في بلادها العربية إلا جمهورها الذي تركت له موروثا دراميا وفنيا عريقا.

موروثا دراميا عظيما لكي يتذكرها به، ولا ينساها أبدا، فقد كانت حبيبة الجمهور وفنانته الأولى.

حزنت نور كثيرا على والدتها، ولكنها وجدت كتفا تبكي عليه، كما حدث لها عندما فقدت زوجها الأوّل، ووجدت العزاء في والدتها وولديها.

لقد تكرر ما حدث معها سابقا وها هي تفقد أحد أعز الناس على قلبها، لقد فقدت حضنا وقلبا وأما وأبا معا في آن واحد.

علمت نور بكل ما حدث مع والدتها، ومرضها الذي أخفته عنها حتى مماتها، فقد علمت بأنها كانت تمتلك أما رائعة، قويّه وصلبة.

فقد عانت الكثير في حياتها وهذا ما أعطاها دافعا لأن تصبح أكثر قوة، وأن تجعل والدتها سعيدة في المكان الذي ذهبت إليه.

كانت نور سعيدة لأنها حققت لوالدتها حلمها بأن أصبحت فنانة مشهورة، ولبّت لها كل رغباتها بأن عاشت معها وتزوجت كما طلبت منها.

بعد فترة من الحزن التي قضتها نور وزوجها في باريس بعد سنة كاملة، أعلنا بأنهم قد رزقا بتوأم، ولدين ولدا في البلاد العربية، وبالضبط في الفيلا وليس في أي مستشفى لكي لا يشهد عليهم أي شخص لأن الأمر ليس صحيحا.

تبنى أنس ولديها في الدولة العربية، وطلب أنس من صديق قديم للعائلة أن يكتب الولدين على اسمه، فوضع الولدين في خانه الولادة ووضع في خانة الوالد أنس والوالدة نور، وكتب لهما تاريخ ولادة جديد.

رند وورد تم تسجيلهم بواسطة السيد توفيق، العمّ توفيق صديق السيد محسن الذي سجل باسم السيد محسن نور سابقا.

وبعد سنة عادوا إلى البلاد، ونور تلبس ملابس فضفاضة لتتظاهر بأنها حامل وهي برفقة زوجها، والطفلين برفقه مربية في طائرة خاصة، ولم يرهم أحد لأنهم كانوا يعلمون بأن الصحفيين قد يلتقطون لهم

بعض الصور فأخذ أنس حذره للحفاظ على خصوصيتهم.

بعد ذلك بفترة تمّ الإعلان عن الولادة، بقيت نور في البيت لمدة طويلة فهي لم تنس والدتها ولم تكن لتخرج من حالة الحزن عليها بتلك السرعة، كما أنها أول مرة تعود إلى البلاد بعد وفاة والدتها.

العودة إلى روتين الحياة

لقد كان الوضع مختلف إذ أن نور شعرت بأن الحياة مختلفة بعد عودتها إلى البلاد، لأن والدتها لم تكن هناك.

أصبحت الحياة صعبة وموحشة..

لم تستطع نور أن تتأقلم مع الوضع كما يجب بل كانت تشعر بالضيق الشديد والحزن الكبير.

لقد شعرت نور بالوحدة لأنها لم تجد والدتها هناك معها، لذا كان القرار الحكيم أن تبقى في البيت لفترة وأن لا ترجع إلى العمل سريعا، رغم أنه كان ليملأ الفراغ الذي كانت تشعر به ولكن رأى أنس بأنه ليس الوقت المناسب للعودة، بل يجب أن تأخذ وقتها بعيدا عن الصحافة وكل ذلك.

أما بالنسبة لأنس فقد عاد إلى العمل مباشرة بعد عودتها إلى البلاد، ودخل في أعمال جديدة خاصة ومشتركة.

تساءل الناس عن غياب نور التي بقيت في البيت فأعلن أنس بأنهما أخذا القرار معها، بأن تأخذ استراحة من العمل رغم غيابها لفترة سنة، ولكن الغياب هذه المرة سببه أنها تريد أن تخصص بعض الوقت لطفليها ولحياتها الأسرية، ووعدت الجمهور بأنها سوف تعود قريبا.

كان من بين الأعمال الثلاثة التي دخلها أنس مسلسل بطلته الثانية لينا، الممثلة لينا نفسها التي كانت معهما

في المسلسل السابق، والسبب في اجتماعهما مرة أخرى هو أنهما أي أنس ولينا كلاهما ينتمي إلى نفس الشركة الإنتاجية.

لم تكن تلك صدفة جميلة، بل كان سوء حظ.

ها قد التقت لينا بأنس مره أخرى، وهي لازالت إلى هذا اليوم تلهث وراء بطولة مطلقة.

لم تتح لها الفرصة ولم تتمكن من تحقيق أي شيء وعندما تذكرت نور وما الذي استفادته نور من المسلسل السابق بطولة، زواج وأطفال ومنتج تستطيع الاعتماد عليه والاستفادة منه، ومن علاقاته في أي وقت تشاء.

تذكرت حقدها وضغائنها فحاولت التقرب منه من جديد، كانت تفكر بينها وبين نفسها فإن لم تستطع الحصول عليه والزواج به يكفيها اليوم أن تفسد علاقته بنور، وسوف يكون هذا بعض انتقامها من نور اللصّة علاقته

التي سرقت منها حياتها ونجوميتها وفرصها للبطولة، وربما الحب والزواج من منتج شاب.

لقد أرادت أن تثير غضب نور وغيرتها، وأن تهدم لها استقرارها فأصبحت تتحين الفرص في الكواليس والأستوديو وتتصيد أي فرصة أو استراحة أو بريك لتناول الطعام مثلا أو غيرها من الفرص لكي تستغل أي فاصل للغداء أو عشاء أو دعوة من أجل أخذ صورة مع أنس أو برفقته أو بالقرب منه، لوحدها أو مع الآخرين، وراحت تضع هذه الصور على صفحاتها على مواقع التواصل الاجتماعي.

وعندما لم تلاحظ أي تغيير على أنس، ولا يبدو أنه على خلاف مع نور، هنا قررت لينا إيجاد خطة جديدة لقد أصبحت تدخل إلى صفحاتها على مواقع التواصل الاجتماعي بحسابات وهمية، لكي تضع تعليقات تلمح لوجود علاقة بين الفنانة لينا والمنتج أنس.

لقد كانت ذكية وتحاول أن تخلق زوبعة من الإشاعات، فكانت تكتب عبارات لكي تلمح بأن بين الفنانة لينا

والمنتج أنس حب وغرام، وتضع الصور التي تجمعهما، وتخبر الناس بأن هذا الحب وهذه العلاقة واضحة من الصور، كما أنها ربما شخص يعلم معلومة لا يعرفها الجمهور.

لقد كانت تدعي أنها مجرد معجبة أو فتاة من الجمهور وأحيانا تنشيء حسابات وصفحات بأسماء رجال من اجل إشعال تلك الإشاعات وكأن الجميع يصدق ذلك لكي تثير انتباه الجمهور لما تكتبه، وهي التي تتفاعل معه في البداية، بينما كانت كنفسها أي الفنانة لينا لا تعير انتباها للإشاعات ولا ترد عليها لا بالسلب ولا بالإيجاب.

إدعاء بالخيانة

عندما أصبح الأمر قد زاد عن حده، اعتذر أنس عن المسلسل، وفك العقد والشراكة، وخرج لكي ينفي أي علاقة له بالممثلة لينا.

لقد تضايق أنس وخاصة بعد أن أصبح الكلام كثيرا في وسائل الإعلام دون أن يتكلم ويثير البلبلة، ولم يكن هذا الفعل من ترتيب نور أبدا إذ أنها كانت ترى الصور ولكن ثقتها في زوجها أكبر من صورة وتعليق.

تفاجأت لينا بما حدث، فهي لم تكن تتصور ردة فعل كتلك تصدر عن أنس.

لو علمت لينا ما سيحدث وما كان سيفعله أنس لما فعلت ما فعلت ولفكرت ألف مرة قبل أن تتصرف، بل كانت ستفكر في خطة أخرى، خطة لا تجعل أنس يهرب منها وينفر بل ولا يعطيها فرصة لكي تكمل خططها.

لقد كانت تفكر كثيرا.. ولو عرفت الطريقة التي يفكر بها لكانت تصرفت بطريقة أخرى، ولكانت وجدت حلا آخري وسبلا أخرى.

لكانت فكرت كثيرا في سبل كثيرة من أجل أن تجعله يقع في الفخ.

لقد تضايقت كثيرا.. وشعرت بأنها انهزمت من غريمتها بطريقة غبية، وأنها كانت هي السبب في خسارتها هذه.

لقد كانت فكرتها وخطتها الأولى سيئة، لأنها جعلته يهرب وقد جعلته يشعر بالتهديد وعدم الراحة، وهي لم

تكن تريد ذلك بل كانت تريد أن تجذبه إليها فقط وليس العكس.

كانت تفكر في احتمالية أن تجد خطة جديدة، ولكن هذه المرة يجب أن تحتاط من كل الجوانب وأن تكون الخطة محكمة لذا أخذت وقتها للتفكير جيدا.

خسرت لينا فرصتها الوحيدة، وخطتها التي كانت تعتقد بأنها محكمة، ولم يعد أمامها طريق.. ولا حلّ.. فلا يوجد ما قد يجمعها مع أنس حاليا فلا عمل مشترك بينهما حاليا ولا يوجد ما ينبئ على عمل قريبا قد يجمعهما، وهذا ما أحبطها وأحبط خططها، وجعل نفسيتها سيئة.

ومن أجل كل ما سبق قامت لينا بالبحث عن طريقه أخرى لكي تحقق هدفها ولكي تأتيها الطريقة الجديدة بالنتائج المرجوة.

فكرت لينا هذه المرة، بأن يكون طريقها هذه المرة إلى نور وليس أنس.

لقد قررت أن تجد طريقة لكي تصل إلى نور، ومنها تصل إلى أنس من أجل أن تنتقم منه ومنها في نفس الوقت.

حاولت لينا وحاولت ولجأت إلى الكثير من الطرق، ولكن اعتكاف نور في بيتها جعل الأمر صعبا، وهذا ما اضطرها إلى الصبر قليلا

ما زالت نور حزينة على والدتها وهذا هو سبب عدم عودتها إلى العمل، فيما يظن الناس أنها ترعي مولوديها الجديدين حيث ما زالا صغيرين.

مع مرور الوقت، بدأ الجمهور يتساءل عن موعد عودتها، كما أن الجمهور اشتاق إليها وأصبح يطالبها بالعودة عما قريب.

كان أنس يؤيد نور في كل تصرفاتها ولا يضغط عليها، ولم يطالبها بالعودة إلى العمل أبدا، ولكنه

أخبرها بأنه يجب أن تفكر فيما تفعله ويجب أن لا يطول ابتعادها عن الجمهور، يجب أن لا يكون مبالغا فيه، لكي لا ينساها الجمهور.

خاصة وأن الوجوه الجديدة كل يوم في تزايد، أصبحت لينا مهووسة بالانتقام من نور، فكان أسهل طريقه للانتقام هو الصداقة.

الصداقة: ثوب الثعبان

أصبحت تبحث عن طريقة، لكي تكون معها صداقة وهكذا تصبح قريبة منها ويمكنها معرفة كل تحركاتها وتستطيع أن تنتقم منها كما تشاء.

قامت لينا بوضع جواسيس لها في شركة أنس لكي يأتوها بالأخبار، وقد كان الأمر سهلا بالنسبة إليها لكي تكوّن الصداقات، ولكي تكسب أعوانا لها في أي مكان.

كما أنه كان لديها بعض الأصدقاء في مجال الصحافة، يتتبعون من أجلها أخبار الممثلين الفنانين والنجوم.

ذاعت بعض الأخبار عن كون نور سوف تعود في مسلسل جديد، وطبعا من بطولتها، ولكنه لم يكن من إنتاج زوجها هذه المرة.

عندما سمعت لينا بهذا الخبر سارعت لاستقصاء كامل التفاصيل من أجل أن تعرف العنوان، المخرج، المنتج وكل طاقم التمثيل وكل شيء.

وهكذا قبل أن يتم توقيع العقود توصلت لينا إلى كل ما تحتاج معرفته عن المسلسل.

كان قصة المسلسل عن أختين إحداهما فتاة مقعدة والأخرى سليمة، ودور الأخت السليمة كان موصى به لنور.

لقد لاقت القصة إعجاب لينا لأن دور في هذا العمل هو فرصتها، فلو هي حصلت على دور من دور الأختين وهي تقصد الدور المتبقي دور الفتاة المقعدة، سوف يجعلها تحصد النجاح.

حصولها على ذلك الدور سوف يمكنها من الالتقاء بنور كثيرا ويتيح لها الفرصة، لكي تحقق مرادها وتبني معها علاقة صداقة.

في أول عمل جمعهما كانت لينا تصدّر طاقه سلبيه لنور، لأنها كانت تكرهها ولم تستطع أن تتظاهر بالعكس، وسابقا كانت تطلق إشاعات عن علاقة تجمعها بأنس، فهل كان من الممكن حصولها على هذا الدور؟

كان على لينا بدل جهد المضاعف من أجل أن تتحصل على هذا الدور، لقد خافت من أن ترفض بطلة المسلسل نور التمثيل معها لما سبق من أسباب، وبما أنها هي البطلة فستكون كلمتها مسموعة في شركة الإنتاج.

وكذلك زوجها الذي له تأثير في كل عمل تقوم به، فهو المنتج أحيانا، وفي أحيان أخرى يكون إنتاج العمل من طرف أحد أصدقائه.

كان للينا صلاتها في الوسط الفني وخاصة علاقاتها مع المنتجين وبعض المخرجين، أجرت اتصالاتها لتحصل

على الضوء ولتجد شخص على علاقة مباشرة بهذا العمل، وعلى علاقة وثيقة بالمنتج بحيث لا يُقابل طلبه الذي سوف يطلبه لأجلها بالرفض.

وهكذا.. وبعد بحث طويل توصلت إلى المخرج رضوان الباشا، وطلبت منه دور الأخت المقعدة لأن المنتج كان ابن خالته.

لم يكن لدى المنتج واثق حسين اعتراض، ولكنه طلب منه أن يمهله يومين لكي يطرح اسمها على طاقم العمل لكنها أصرّت على المخرج أن يأخذ الموافقة دون تفكير.

عندما طرح المنتج اسمها على أنس ونور، تضايق أنس كثيرا لأنه لا يريد لزوجته أن تعاني من أي شيء، وقد كان يعلم في قرارة نفسه بأن لينا سيئة من الداخل، وليست كما يظهر على وجهها وملامحها، فهي تبذل جهدها لكي تظهر بأنها بريئة.

لقد شعر أنس بأن الأمر لن يخلو من مشاكل، وبأنه سوف يصادف هو وزوجته الكثير من المشاكل والإشاعات بسبب عمل نور مع لينا، وخاصة بعد كل ما حدث معه هو في المرة السابقة.

لقد كان مجرد إحساس، وهو لم يكن يعرف أي شيء.

الحكمة في اتخاذ قرار

أما بالنسبة لنور فقد علمت بأنها إذا قامت برفض العمل مع لينا، سوف تظهر إشاعات جديدة تجمعها زوجها وسبب رفضها لهذا العمل، وهكذا كانت تعلم بأن للصحافة طرقها وأساليبها في إيجاد الأخبار.

سوف يحللون ويجدون السبب وراء رفض نور لهذا العمل، والذي هو تواجد لينا في نفس العمل، ولما قد ترفض العمل معها إن لم يكن حقيقيا، ما كان مجرد

إشاعات عن علاقتها بزوجها، لذا هي تتهرب من العمل معها.

كانت نور تعرف بأن الصحفيين جيدون في اصطياد الإشاعات وحياكة الأخبار، وسوف تكون هي الضحيّة إن لم تعرف كيف يجب أن تتصرف.

حتى أنهم أحيانا يقومون باختلاق الأخبار وبنائها أحيانا. رغم اعتراض أنس الذي لم يكن لديه سببا على الاعتراض إلا خوفه على زوجته و السهر على راحتها فهو يعلم بان لينا هي امرأة شريرة، بينما نور بريئة ولا تستطيع الدفاع عن نفسها كما أنها تثق في الناس سريعا.

لقد كان المسئول عن توفير الراحة لنور وتوفير بيئة صحية تعمل فيها.

وهكذا حصلت لينا على الدور، وهذا ما جعلها تشعر بأنها قد اقتربت من تحقيق هدفها ونيل مرادها.

تحصلت لينا على نسختها من السيناريو، وبدأت تحيك خطتها.

تقمصت لينا دور الأخت العاجزة المسكينة، وأصبحت تستعمله مع نور في كل معاملاتها وتعاملاتها معها، فكانت ردة فعل نور أن تفاجأت بأوّل لقاء بينهما.

لقد كانت تتساءل:

كيف للينا أن تغيرت إلى هذه الدرجة وبعد كل هذه المدة؟

لقد تغيرت طريقة تعاملها، وأيضا أصبحت طيبة، ولم تعد كما كانت في الماضي.

كسر للجبر

كانت لينا تسعى لكسب تعاطف نور معها ومودتها لكي تستحوذ على عطفها، فتكسب ودها خارج الأدوار، ووراء الكواليس.

كانت لينا وفي كل يوم تجد ما تقومه به، وما تقوله للتأثير في نور، حتى أنها كسرت رجلها لأنها تعلم بأن ذلك لن يؤثر على عملها أولا فهي لا تحتاجها في التمثيل، وثانيا فعلت ذلك لكي يتعاطف معها كل طاقم العمل، وخاصة نور.

قالت لينا في أستوديو التمثيل، وذلك عندما ظهرت بذلك المظهر واستغرب الجميع ما حدث معها، وكيف أنها قد جاءت رغم كسر رجلها وعلى سبيل الفكاهة:

أنا أصلا لم أكن في حاجة لرجلي من أجل تمثيل دوري وهذا من حسن حظي أليس كذلك؟

فلما قد ألازم البيت؟ علينا مواصلة العمل.

ولا أريد أن يقلق أي أحد بشأني، وأنا لا أريد أن أكون السبب في تأخير العمل عن الصدور أو التسبب في تأجيله.

استغرب الجميع رد فعل لينا عن إصابتها تلك، واعتبروا بأنها ممثلة متمكنة، وأنها تحب عملها، فهي تجهد نفسها لكي يصدر العمل في الوقت المحدد.

بمرور يوم بعد يوم، وأسبوع بعد أسبوع، وبسبب حادثة كسر رجل لينا كسبت تعاطف نور التي كانت تتفاداها في البداية، وتعملها ببرود تام.

تمكنت لينا من كسب نقاط إضافية حتى أنها حصلت على رقم هاتف نور، وأخبرتها بأنها تحتاج المساعدة لأجل عمل بروفات إضافية للتدريب لأن رجلها لا تساعدها على العمل كما يجب، وهذا ما جعلها تطلب منه المجيء إلى بيتها لمساعدتها وترجتها لأجل ذلك.

لكن نور رفضت في البداية لأن والدتها السيدة نوران كانت قد طلبت منها في بداية دخولها إلى مجال الفن

أن تضع مسافة بينها وبين زميلاتها في العمل، وأن تحرص وأن تحتاط من الزميلات ومن الغيرة والحسد، وكل تلك المشاكل التي قد تنتج أثناء العمل المشترك، فتلك الغيرة تنشأ وتكبر حتى تصبح أضخم قبل نهاية العمل، ويمكن أن تصبح الأمور سيئة جدا بسببها.

لم تكن لينا غبية ولا بريئة، بل كانت ذكية لدرجة الدهاء، وقد كانت تعرف بأن نور سوف تأخذ حذرها منها، لذا فقد أخذت كل احتياطاتها، وقد حاولت أن تقنع نور بأنها بالفعل بحاجة للمساعدة لدرجة أن هناك ممثلة أخرى تقدم لها يد العون.

وبعد أن علمت نور بأن هذه ممثله تسعى لمساعدة لينا هي الأخرى، شعرت بالإحراج وفي نفس الوقت بالشفقة على لينا لذا قررت تقديم المساعدة ولكن بشكل خفيف، وربما من بعيد.

والطريقة التي كانت تفكر فيها هي أن ترافق هذه السيدة وهي ممثله قديرة تقوم بتمثيل دور مهم في المسلسل أيضا إلى بيت لينا لكي تساعداها، وأن يتمرنوا على المشاهد التي تجمعهم.

كانت هناك العديد من المشاهد التي تجمعهم جميعا، وأيضا بعض المشاهد التي تجمع فقط اثنتين منهما، وقد كانت هذه الممثلة القديرة تقوم بدور والدتهما، وهما الأختان وإحداهما مقعدة والتي تؤدي دورها لينا.

وهكذا تطورت علاقتهما، وقد حظيتا بالكثير من المرح في بيت لينا التي كانت تمزج البروفات أو التدريبات بالفكاهة والضحك.

مرت الأمور بسلام ومع الاقتراب من الانتهاء من هذا المسلسل أصبحت العلاقة جيدة في ظاهرها بين لينا ونور. وكان من عادة نور (وهذا عيب تراه لينا فيها) أنها تعتكف في بيتها بعد الخروج من أي عمل، وذلك لأسباب خاصة. لقد كانت تسعى لتعليم طفليها وقد كانا سيتلقيان التعليم في البيت، وينتميان لمدرسة خاصة في

باريس ولكن الدراسة عن بعد فقط، كما أنها تفضل أن تكرس بعض الوقت لعائلتها، والاهتمام بشؤونهم الخاصة.

فطفليهما لهما الأولوية في حياتها وزوجها الذي تحبه كثيرا.

أما في فترة الامتحانات أو الاختبارات فقط كانت ترافقهما هي وأنس إلى باريس للخضوع للامتحانات هناك.

مسلسل جديد

لم تكن نور تلبي أية دعوة، ولو أن تكون خاصة بمسلسلاتها وأفلامها القليلة، إلا ما كان يخطط له المنتج سابقا.

اتصلت لينا بنور عدة مرات، فكانت تجيبها حين تكون لوحدها أو غير مشغولة.

لقد أعجبت لينا بالتطور الذي حصل في علاقتها بنور، لذا فقد قررت أن تركز على العمل معها، لأن هذا ما

سيجعلها تتقرب منها أكثر، وقد أتيحت لها الفرصة مرة ثانية، فشاركتها مسلسلا جديدا.

تحصلت لينا على دور مهم في هذا المسلسل، كانت أوّل بطولة لها، وقد كانت بطولة مشتركة، وهذا ما جعلها تقيم حفلة وتصرّ على نور لتلبية الدعوة لحفلتها لتحتفل بأوّل بطولة لها.

كانت لينا تتظاهر بأنها سعيدة وبريئة، فيما هي في الحقيقة سعيدة للعمل مع نور، وللبطولة المشتركة.

كانت لينا تشفي غليلها في هذا المسلسل، لأنها كانت دور البطل النقيض، فقد كانت متزوجة هي ونور في دوريهما من نفس الرجل.

لقد كانتا ضرتين وهذه الصفة كانت الأقرب لوصف علاقتهما في الحقيقة مع عدم وجود الزوج الحقيقي المشترك.

كما كانت هناك شجار ومشاحنات مما جعل نور تخاف منها أحيانا، لكن لينا كانت تخرج من مود الشخصية،

فور انتهاء التصوير وتعود إلى طبيعتها الودودة والوديعة التي تتظاهر بها أمام نور.

أما بالنسبة للمخرج فقد كان مبهورا في تقمص لينا لدورها وايجادتها لدورها فقد كان تمثيلهما مقنع جدا.

ورغم اقتناع المخرج وتشجيع طاقم العمل للينا إلا أن نور أخبرتها بأن تصرفاتها أحيانا تبدو غريبة، فلم يكن رد لينا إلا أنها تحب التمثيل أكثر من حياتها.

وحبها للتمثيل هو ما يجعلها تنسى نفسها حين يسلط عليها ضوء الكاميرا، وعند سماعها لكلمة أكشن فهي تفقد الوعي أو تدخل في حالة تشبه فقدان الوعي وتصبح شخصا آخر، تصبح الشخصية وتفقد كل اتصال مع الواقع.

عملية جراحية مفاجئة

خضعت لينا لعملية جراحية مفاجئة، وهذا ما جعل التصوير يتوقف لفترة عينة، خاصة أنها هي أحد أهم الممثلين في المسلسل بل والرئيسيين.

حاول مخرج العمل أن يقوم بتصوير المشاهد التي يستطيع تصويرها بدون لينا حتى تتماثل للشفاء وترجع إلى العمل.

كسبت لينا تعاطف الجميع، ولا سيما نور التي لم تتأخر عن زيارتها، بل وقامت بالتردد على المستشفى وعلى بيت لينا أكثر من مرة.

أول زيارة من نور للينا كانت برفقة زوجها، حيث قاموا بزيارتها فور سماعهم للخبر وقد كانت في المستشفى.

لقد كانت لينا تستغرب من حال نور وحياتها، فكانت تتساءل دائما، وتقول في نفسها:

لما نور تخفي حياتها الخاصة عن الناس؟

لما تحافظ على خصوصيتها إلى هذه الدرجة؟

لما لا تقوم بإقامة أيه حفلات في بيتها؟ ولا أيه مناسبة ولا تضع صورها الخاصة هي وعائلتها على مواقع التواصل الاجتماعي؟

إنها حقا غريبة..

لو فعلت ذلك لزاد معجبوها ولزادت شهرتها كثيرا.

لو كنت أنا مكانها لفعلت أكثر من ذلك؟

كما أن زواجها بمنتج سوف يساعدها أكثر بكثير.

لم تكن لينا تستطيع أن تفهم ذلك، ولكن كان لنور أسبابها الخاصة.

لقد تعودت نور على الفصل بين حياتها وعملها، وهذه أيضا كانت نصيحة من والدتها التي أكملت حياتها في مجال الفن وتعرف كل أسراره.

واصلت نور زياراتها للينا حتى تمثلت للشفاء، واطمأنت علي وضعها.

وضعت لينا كل طاقاتها في الصحافة والإشاعات، وكانت تغذي مخططاتها بالمديح والثناء على تصرفات نور، وتغذية علاقة الصداقة بينهما.

لقد وضعت لينا نور وعلاقتها بها في هذا الايطار المرسوم من طرفها، على صفحات المجلات والصحف. بعد الانتهاء من تصوير المسلسل، أصرّت لينا على نور لكي تحضر حفل الختام، وقد كان دائما تتخلف عنه.

بعد إصرار لينا على نور من أجل حضور الحفل،
صارحتها بالكثير وأخبرتها بأنها قد تعودت على
وجودها في حياتها، كأخت لها وأعز صديقة وهي لا
تستطيع أن تتخيل حياتها من دونها لذا فهي تطلب منها
أن لا تعتكف كعادتها ويجب أن تبقيا على تواصل
دائما.

وافقت نور على كلام خاصة وأن لينا تعرف كيف
تستعطف الناس، وكيف تجعلهم يشعرون بالشفقة عليها
وعلى حالها، وقد أخبرتها بأنها يتيمة وأصبحت تستمتع
بصحبتها، وهي لا تشعر باليتم عندما تكون بجانبها
وموجودة في حياتها.

عيد ميلاد

أصبحت لينا تسلك هذا الطريق في علاقتها مع نور والذي هو أن تظهر نفسها بالإنسانة الضعيفة واليتيمة والوحيدة لكي تحصل على شفقتها ولكي تأثر عليها وتستعطفها.

أخبرتها بأنها لم تتعود على اهتمام الناس بها، وقد ماتت والدتها منذ مدة بعيدة، ومنذ ذلك اليوم وهي لم تعد تحتفل بعيد ميلادها لأنها لا تشعر بالفرح ولا الرغبة في الاحتفال.

فهي تعيش في حالة صعبة، وحياتها صعبة، فهي وحيدة لا زوج ولا حبيب، ولا أهل.

كيف لشخص أن يطيق العيش في وحدة كهذه؟

لقد أثارت شفقتها، شعرت نور بالشفقة كثيرا على لينا، وهذا ما كانت تصبو إليه لينا.

بما أن نور قد زارت لينا في بيتها سابقا، فقد قررت أن تفاجئها بعيد ميلاده فعيد ميلادها بعد يومين.

خططت نور للمفاجأة، وحضرت هي وزوجها إلى بيت لينا بشكل مفاجئ، وأحضرت كعكة، والهدايا وفاجآها وقد كانت نائمة في فراشها، فتحت لهم الباب وهي بملابس نومها.

أدخلت لينا نور إلى غرفتها، غيرت ملابسها ووضعت بعض مساحيق التجميل على وجهها، ثم خرجتا واحتفلتا مع أنس الذي كان يريد فقط أن يرسم البسمة على وجه زوجته وحبيبته نور.

وهكذا توطدت علاقة الصداقة بين نور ولينا، علاقة صداقة ومحبة حقيقية من جهة نور ومزيفة تماما من جهة لينا.

أصبحت العلاقة بينهما جيدة جعل نور ترد على مكالمات لينا أكثر، وكانت هذه الأخيرة تؤثر عليها نفسيا، ولأنها ماهرة بالتمثيل وتجيد التلاعب بالناس فقد وجدت أن هذه هي الطريقة المناسبة للتأثير على نور، وهي أن تكسب شفقتها دائما، فكانت تبكي أحيانا وتدعي أنها تعاني انهيارا نفسيا في أحيان أخرى، وتتظاهر بالحزن وغيرها من المفاجآت، وهكذا في كل مرة تكتب سيناريو جديدا لكي تشغل بالها وتستحوذ على استعطافها.

لعبة جديدة

بعد فترة من الزمن، والحال على تلك الحال، وقد كانت نور ولينا تلتقيان أحيانا في مطعم أو مقهى حتى توطدت علاقة الصداقة بينهما فأصبحتا كأنهما أعز صديقتين.

وهكذا في يوم طلبت لينا من نور أن تلتقيا لأمر هام، فهي في حاجة لشخص تكلمه عن موضوع يهمها كثيرا.

علمت نور بأن الأمر عاجل، وذلك من أسلوب لينا في الكلام وإصرارها على اللقاء، لذا فهي لم تتأخر عن صديقتها التي اعتبرتها مثل الأخت لها تماما.

فلما لا تسدي لها النصح إذا كانت بالفعل تريد رأيها في موضوع ما.

أخبرتها لينا عندما إلتقيتا بأنها قد وقعت في حب شخص ما، وهي تريد منها المساعدة لكي تتخذ قرارا بشأن هذا الأمر.

كانت نصائح نور بناء على خبرتها في الحياة، وبعد أن رأت أن الإعجاب بهذا الشاب باديا على لينا، ونظرا لأنها تعرف كل ظروفها، وهي تعرف كم أن لينا تعاني من الوحدة فقد لذا نصحتها بأن لا تتردد في الزواج منه.

نصحتها بالزواج من هذا الرجل، وخاصة إن كان يبادلها نفس الشعور، فحياة الشخص لوحده ليست جيدة، والاستقرار والأسرة هما أمران رائعان.

ونصحتها بالتمسك بحبيبها إن كان يحبها ويبادلها نفس الشعور، لأنها سوف تعيش معه حياة مليئة بالحب والسعادة.

صدقت نور كل كلام لينا وتمثيلياتها عليها، فقد كانت لينا تدفع لشخص من أصدقائها الذين هم كثيرون المال لكي يمثل أمام نور بأنه هو الحبيب المزعوم.

وأيضا لكي يلعب دور الخطيب أمام الناس جميعا، أما الأصدقاء والجمهور أيضا.

كانت لينا كثيرة العلاقات والسهرات تذهب إلى الملاهي الليلية، وتلبي الدعوات للسهرات الخاصة التي يقيمها رجال الأعمال والسياسيين والأثرياء، إنها حفلات من نوع خاص.

لينا تتقاضى المال مقابل تلك الحفلات، ولكنها تعيش في شقة صغيرة رغم أنها تجمع مالا من السهرات الخاصة ومرافقة الرجال الأثرياء.

أخبرت لينا نور بأن هذه الشقة كانت شقة والدتها وهي تجمع المال من عملها كممثلة، وتحلم بأن تشتري في

فيلا في يوم من الأيام في المستقبل، وهذا الكلام كان لكي لا تشعر بالفقر مقارنه بنور التي تعيش في فيلا كبيرة، وبأنها أقل منها، والجميع يعلم ذلك.

ضيفة الشرف

لقد أصبحت علاقة صداقتهما التي مرت عليها سنوات حين أقامت لينا حفلة خطوبة من خطيبها المزعوم، ولم تكن تلك الخطوبة المزيفة إلا خطة من لينا من أجل حملة إعلانيه لا غير.

فقد كانت تحب إطلاق الإشاعات على نفسها من أجل إثارة البلبلة، والكلام الكثير عليها سواء بالإيجاب أو بالسلب، المهم أن تذكرها الصحف والمجلات.

كانت حفلة الخطوبة خاصة، دعت لينا نور وزوجها وبعض المخرجين والمنتجين، وأقامت الحفلة في قاعة مخصصة للحفلات في فندق كبير.

كانت الحفلة شبه مغلقة، وخاصة على الصحافة، ولكن لينا وضعت بعض الصور على صفحاتها على مواقع التواصل الاجتماعي، وظهرت بعد الحفلة في عدة لقاءات صحفية.

كانت نور تساند لينا دائما، في ما كانت لينا تحيك لها المكائد، وأحيانا تروج لإشاعات ضدها، وأحيانا تدفع للصحافة الصفراء من أجل أخبار كاذبة ومن تلفيقها.

من بين الإشاعات التي كانت تطلقها، أن نور تدخن مثلا، وأنها مدمنة، وتتعاطى المخدرات، وأيضا المهدئات وأنها تعاني من نوبات نفسية وعصبية.

وفي أحيان أخرى، أن نور قد اتفقت على الطلاق هي وزوجها، وهما يخفيان الأمر.

حتى أنها في إحدى المرات أطلقت إشاعة بأن أنس زوج نور قد تعرض لحادث سير ومات، لم تكن تعتقها من أفكارها الخبيثة والجهنمية.

كما أنها كانت تتصل بنور فور صدور أيه إشاعة عنها، وتقف إلى جانبها، مدعية دعمها، وعدم تصديق كل ما يقال.

كانت لينا تسعى أيضا للعمل مع نور دوما ولكنها انفصلاتا في العمل لفترة من الزمن، وبقيت على اتصال باسم الصداقة التي تربطهما.

وبعد مدة من الزمن، وأخيرا قامت لينا بإقناع نور بعمل مشترك جديد، ولكن هذا العمل كان من بطولة لينا أما نور فكانت ضيفة شرف في الفيلم وهذا باقتراح لينا لاسمها.

في البداية لم توافق نور على الأم،ر لأن التصوير في هذه الفترة سوف يكون بالتزامن مع امتحانات ابنها وابنتهما فهما في السنة الأخيرة بالثانوية أي سنة

التوجيهي (البكالوريا) وقد تعودت على أن تعد جدول أعمالها بالطريقة التي تسمح لها بالتفرغ والسفر معهما كل ما كان سفرهما مناسبا، وكل ما كان لديهما امتحانات في نهاية كل سنة.

تردد نور إلا أن أنس قد أقنعها لأنه رأى بأنها كانت متحمسة لهذا العمل وهذا الدور، فهذه أول مرة يعرض عليها العمل كضيفة شرف.

أقنعها أنس بالبقاء فيما يسافر مع ورد، ويعود ليسافر مرة أخرى مع رند، ولكن رند أرادت السفر معهما أيضا، رغم أن امتحاناتها كانت بعد شهر من تاريخ امتحانات أخيها.

وافقت نور على التمثيل وعلى اقتراح أنس وعلى سفر رند أيضا.

لقد كانت اقتراح أنس بالسفر مع رند وورد، وموافقتها على الدور، والبقاء في البلاد من أجل العمل هو الخيار الأمثل ولصالح الجميع.

خطة محكمة الأركان

بعد أن علمت لينا بسفر أنس زوج نور وأولادها، من نور التي كانت تشكو لها مدى انشغالها بالتصوير بدل سفرها مع عائلتها، وأن ضميرها يؤنبها أحيانا لأنها لم ترافقهم، هنا عرفت نور بأن هذه هي الفرصة التي انتظرتها منذ سنوات لكي تنتقم منها.

هذه هي فرصتها وهذا هو الوقت المناسب لكي توجه لها الضربة التي تقضي بها عليها.

فبعد سفر أنس وولديه، ولكل هذه المدة فهو سوف يبقى لمدة أسبوع في باريس وربما يرجع وبعدها بشهر

سوف يسافر مرة أخرى مع ورد إلى ليون من أجل الامتحانات النهائية لكل منهما.

أثر سفر أنس والطفلين على نور التي أصبحت كئيبة بعض الشيء، وأخبرت لينا بكل ما تشعر به.

فكرت لينا في الخطوة القادمة بإمعان وتفكير عميق من أجل أن تخرج بخطة محكمة.

وبعد يومين اتصلت بنور، وأخبرتها بأنها قد اشترت فيلا جديدة، الفيلا التي كانت تحلم بامتلاكها، ولكنها حين أخبرت خطيبها، (فقد كانت مفاجأة له) ولكنه فاجأها بأن انفصل عنها، وأخبرتها بأنها سوف تقتل نفسها

وقالت لها، وهي تبكي:

نور أنا ... أنا

نور:

ألوو .. لينا ما بك.. أنا لا أسمعك جيدا؟

لم كل هذا البكاء؟

رجاء كلميني

لينا:

أنا .. أردت

نور:

ولكن.. توقفي عن البكاء وكلميني

لينا:

أردت أن أشكرك على وقوفك بجانبي، لقد كنت كأخت لي

نور:

ولكن ما الذي يحصل معك؟

لينا:

لم أعد أرغب بالحياة، لقد سئمت من حياتي

نور:

ماذا تقصدين؟ ما الذي حدث بالضبط؟

لينا:

أنا لا أحد يحبني

نور:

لا تقولي هذا الكلام، أنا أختك وأحبك

لينا:

لا .. لا أحد يحبني

لقد تركني خطيبي

نور:

لماذا ..؟

لينا:

لم أعد أرغب في هذه الحياة.. شكرا لك شكرا على وجودك في حياتي.

أنت كنت كأخت لي

نور:

كنت وسأبقى أختك دائما

أنا أحبك يا لينا.. لا تيأسي.. سوف تتحسن الأمور

لينا:

لا.. يا نور

نور:

لا تقولي هذا الكلام

لينا:

لا.. أنا لم أعد أريد شيئا

نور:

الكلام لا يفيد عبر الهاتف.. أين أنت لآتي إليك

لينا:

لا تأتي يا نور.. أنا سوف أتخلص من هذه الحياة

نور:

ماذا تقصدين؟

لينا:

سوف أقتل نفسي..

نور:

لا يا لينا.. رجاء.. أتوسل إليك

لينا:

لن أكون عالة على أي أحد بعد اليوم

نور:

رجاء.. يا لينا أرسلي لي عنوانك، وسوف آتي إليك حالا ونتكلم

لينا:

لما تتعبين نفسك؟

نور:

إذا كنت تعتبرينني كأخت لك أرسلي لي العنوان وسوف نتكلم فقط

بعد أن توسلت لها نور لكي تبعث لها العنوان، فأرسلته لها، فركبت نور سيارتها وانطلقت على الفور إلى لينا لكي تهدئها وتكلمها، وتمسح لها دموعها، وأيضا لكي تقف إلى جانبها وتحميها من نفسهان وتمنعها من التهور، فقد تنتحر بالفعل من شدة حزنها بسبب ما فعله بها خطيبها.

الوقوع في الفخ

كانت الفيلا كبيرة وجميلة، ومؤثثة، دخلت نور لتجد لينا تبكي وفي حالة من الحزن والكآبة، وحالتها النفسية سيئة جدا، وماكياجها قد ساح من عينيها والدمع ينهمر على خديها..

وهي تكاد تتناول كثيرا من الحبوب، فهي لم تعد تريد هذه الحياة بعد الآن..

هدأت نور لينا قليلا، حيث أن لينا قد ارتاحت عندما رأت نور، وقد كانت يائسة من الحياة ووجود نور إلى جانبها قد جعلت معنوياتها ترتفع.

بعد ذلك نادت لينا على الخادمة وطلبت عصيرا لنور وهما جالستان في صالة الفيلا.

للفيلا باب كبير وبهو وصالة كبيرة إلى جانب السلالم حيث جلستا.

شربت نور العصير، وما هي إلا لحظات حتى استيقظت لتجد نفسها في الفيلا لوحدها ولا أحد معها، وثيابها ممزقة.

لقد كان المنظر مخيف ويبدو أن الوضع خطير، حيث أنها كانت بمفردها وشكلها غير مرتب، والجو معتم قليلا لأن كل الأنوار مطفأة.

بعد أن نادت على لينا وعلى الخادمة ولم تسمع جوابا وهي خائفة ترتجف وثيابها في حالة مزرية متسخة وممزقة.. غادرت نور المكان..

خرجت من باب الفيلا، فوجدت سيارتها خارجا حيث تركتها، ركبت سيارتها وعادت إلى بيتها، وهي لا تفهم ما الذي جرى .. ولكن كان على جسدها بعض الآثار.

بعد دخولها إلي فيلتها وهي ترتعش، ودقات قلبها غير منتظمة، اتصلت فورا بطبيبها الخاص، وطلبت منه الحضور لكي يفحصها.

اتصلت بلينا أيضا، ولكنها لم تكن ترد على اتصالها، لا في الفيلا الجديدة ولا في شقتها القديمة.

أجرى لها الطبيب فحصا شاملا، ثم أخبرها بأنها قد تعرضت للاغتصاب، إلا أنها لم تكن تتذكر شيئا فكانت تجهش بالبكاء ولا تعرف كيف تفسر الأمر، ولا تعرف ما الذي حدث بالضبط ..

إلا أنها أخبرته بما حدث قبل الاعتداء وبالتفصيل،
وقالت له بأنها لا تعرف أي شيء آخر..

ولا تعرف ما الذي حدث لها؟

ولا تعرف ما كان مصير لينا؟

أو ما حدث لها هي الأخرى؟

لقد كان الطبيب صريحا معها، وأخبرها بأنه ربما كان
فخا وقد وقعت فيها إذ لا يمكن أن تختفي صديقتها بهذه
الطريقة، وأن تجد نفسها بمفردها في فيلا لينا

وبعد أن رأى بأنها متوترة جدا، قال لها:

لا عليك سوف أتصل بوالدك، وسنعرف ما حدث

قد يكون فخا، وربما ليس كما يبدو لي

لا يمكن أن أجزم فقد تكون هي الأخرى مصابة، لذا هي لا ترد على الهاتف أو ربما تكون سجينة أو شيئا مثل هذا..

يجب أن ترتاحي سوف أعطيك حقنة وتخلدين للنوم، ولا تقلقي، أنا لن أغادر حتى يأتي والدك.

سأل الطبيب نور قبل أن يخرج من الغرفة، وقال:

هل تريدين إثبات الحالة لكي أتصل بالشرطة؟

نور:

اتصل بوالدي أولا رجاء، فأنا ليس لدي شيء أقوله للشرطة، لأنني لا أعلم شيئا.

الطبيب:

أعلم أنك في حالة نفسية سيئة، وسوف يعتبرون كلامك ضد كلام لينا، وسوف تنكر هي بالطبع.

لا أعتقد بأنها سوف تورط نفسها حتى وإن كانت غير

متورطة

نور:

اتصل بوالدي رجاء..

الطبيب:

حسنا.. لا تقلقي..

المكيدة المدبرة

اتصل الطبيب بالسيد محسن لأن نور كانت منهارة، ومن واجبه أن يتصل بوالدها خاصة وأن زوجها مسافر.

عندما جاء السيد محسن وجد نور في حاله يرثى لها، وما هي إلا لحظات حتى جاء طرد إلى فيلا نور، من أجلها وهو طرد خاص.

في الطرد رسالة من لينا كتبت لها على الرسالة، ما يلي:

مبروك عليكي الإيدز يا نور

نور أنت بطلة مسلسل حياتك

بطولة مطلقة..

ومع الرسالة صور لنور في حاله سيئة، وهي عارية في السرير، ومعها رجل غريب

وكتبت لها أيضا:

أنا أحذرك من أن تبلغي الشرطة؟

وإن فعلت سوف أرسل كل الصور إلى زوجك أنس.

بكت نور وانهارت، ولم يجد محسن ما يفعله، لكي يساعدها أو يواسيها..

كما أنه لم يصدق ما يحصل معهم، وحتى الطبيب كان متفاجأ ولم يستطع تصديق الأمر.

أخذ طبيب عينه من دم نور من أجل الفحوصات لأنهم لم يكونوا ليصدقوا ذلك الكلام الذي في الرسالة إلا بعد إجراء فحص للتأكد من إصابتها بالمرض.

وما هي إلا أيام حتى علموا الحقيقة المؤلمة، نور مصابة بالمرض بالفعل، يبدو أن من اغتصبها قد كان مصابا بذلك المرض، ونقل لها العدوى..

يبدو أن الأمر كان مدبّرا ومجهزا له كما يجب.

إنقاذ ما يمكن إنقاذه

طلبت نور من والدها السيد محسن، أن يتصل بأنس وأن يطلب منه البقاء في باريس، وأن لا يعود هو والأولاد في الموعد المحدد.

لقد طلب منه السيد محسن أن يبقى حتى تكمل رند امتحاناتها هي الأخرى أي أن يقضوا شهرا كاملا في باريس، وقد كان المفروض عودتها والسفر بعد ذلك مرة أخرى، ولكن نور أرادتهم أن يبقوا بعيدا حتى لا يعرفوا حقيقة الأمر.

كانت نور تريد أن تنهي حياتها، وفكرت في الانتحار ولكن السيد محسن قد منعها، ووقف إلى جانبها، كما أحضر لها طبيبا نفسيا لكي تستطيع تجاوز تلك الأزمة.

لقد كانت يائسة، وعلى حافة السقوط.

وبعد مرور عده أيام، قررت نور السفر إلى الخارج، ليس للعلاج فهذا المرض لعلاج له، بل أرادت الدخول لمصحة متخصصة، وأن تقضي ما بقي لها من أيام هناك.

لم تستطع نور أن تنهي حياتها فبقي الحل الوحيد أمامها الابتعاد عن عائلتها، لكي تحافظ على حياتهم.

لقد أرادت أن تبتعد عن زوجها وأولادها، لكي لا تنقل لهم العدوى، فكان هذا هو قرارها لذا قام السيد محسن بمساعدتها، وبعد أن بحث لها والدها عن مصحة في أبعد مكان عن بلادها وعن باريس، وجد لها مصحة

في أمريكا فقررت الذهاب إلى هناك، وقبل عودة عائلتها إلى البلاد.

الحل الوحيد.. الفراق

سافرت نور قبل أن يحين موعد عودة زوجها وأولادها، وقبل سفرها قامت بتأجير شركة تنظيف من أجل تنظيف الفيلا جيدا وتعقيمها.

دخلت المصحة وتركت رسالة لزوجها تشرح له فيها كل الموضوع، كتبت له ما حدث معها، وما تعرفه، وما تشعر به.

وأوصته بأن يعتني بولديها، وأن لا يجعل الانتقام هدفه فسوف يدمّر حياته وحياة ولديها..

كانت رسالة مليئة بالدموع، والألم..

رسالة مليئة بالدموع، والقلب الموجوع..

رسالة حزينة..

وأخبرته لأخر مرة عن حبها له، وما معنى وجوده في حياتها، فقد أنقذها من الوحدة، وجلب لها كل سعادة العالم، ولكن السعادة لا تدوم.

امتنعت نور عن رؤية زوجها وولديها، رغم إصرار أنس على مقابلها ورؤيتها بعد أن عرف الحقيقة.

لم يكن أنس يستطيع أن يصدق ما حدث مع زوجته وحبيبته، وقد كان يفضل أن يبقى إلى جانبها، ولكنه في الأخير اقتنع بكلام السيد محسن، واحترم رغبتها وطلبها الخير منه، فلم يجد أمامه إلا أن يحقق لها أمنيتها.

امتنعت نور حتى عن تلقي الاتصالات الهاتفية من عائلتها، فهي لم تكن تستطيع أن تسمع أصواتهم وان تكلمهم حيث أن البكاء كان يغلبها دوما.

عانت نور كثيرا في المصحة، كانت تعاني من آلام جسدية ومن معاناة نفسية ومعنوية لأن ما حصل لها كان ظلم لحق بها، ولم تكن لتعاني كل هذا لولا الفخ الذي أوقعتها فيه لينا.

وكانت تعاني من فراق زوجها وولديها، وقد كان أمامهم مستقبل زاهر، وكانت هي تحلم بمستقبل ولديها.

بقيت هناك في المصحة حتى ماتت، وتمّ الإعلان عن وفاتها بعد صراع مع المرض الخبيث، ولم يذكر اسم المرض.

لم يذكر بأن المرض الذي قضى على الممثلة الشهيرة والجميلة نور هو الايدز، لأنه كان ليشوه سمعتها وهي بريئة مما حصل لها.

حزن جمهورها لسماع ذلك الخبر المؤلم.

لقد كان خبر وفاتها مفاجأ فلم يذكر أنها مريضة حتى أعلن عن وفاتها.

تركت نور ولديها أمانة لزوجها أنس الذي كان يعتبرهما ولديه.

تحقيق الانتقام..

تمت دعوة لينا من طرف رجل أعمال مشهور إلى حفلة خاصة في الفيلا الخاصة به.

لبت لينا الدعوة بكل سرور، وهي تفكر في المبلغ الضخم من المال الذي ستتلقاه مقابل السهرة.

كان الحراس كثيرون خارجا لقد جاءت، والأمر يبدو مهيبا جدا، وهذا زاد من إعجاب وسعادة لينا التي اعتبرته يعني أن هذا الرجل مهم جدا.

ولكن بعد أن تمّ غلق الباب عليها خافت كثيرا، وفكرت في أن تتراجع وأن تخرج من فورها، ولكن لم تسنح لها الفرصة.

تمّ تفتيش لينا جيدا قبل الدخول إلى قاعة الحفلة المزعومة، وأخذ منها الحراس هاتفها ثم سمحوا لها بالدخول.

عندما دخلت لينا تفاجأت بالسيد محسن ينزل من السلالم.

كان السيد محسن قد اتصل بوالد نور الحقيقي وأخبره بكل ما جرى لابنته.

والانتقام منها لما فعلته بابنته.

تمّ التحقيق مع لينا، وعرفوا مكان كل الصور والفيديوهات، وكل النسخ بدون أن يغفلوا عن أي شيء مهم.

بعد أن حققوا معها، أخبرتهم لينا عن اسم المغتصب والممثلين الذين قامت بتأجيرهم من أجل لعب تلك

الأدوار المغتصب والخادمة، وكل من ساعدها في نصب الفخ لابنتهم وقتلها.

ثم وبعد أن حصلوا على كل الأشرطة والصور تمّ حرق لينا داخل الفيلا، وحرق الفيلا كلها لكي يبدو حادثا.

وتمّ اغتيال كل من المغتصب بعد أن قاموا بتعذيبه والانتقام منه، وكان مصير الحارس والخادمة الموت في حادث سيارة.

قام السيد محسن ووالد نور الحقيقي السياسي صلاح مؤيد بالتخلص من كل الصور والفيديوهات لكي لا تتم تشويه سمعه سمعة ابنة السياسي، ولكي يحافظ على سمعة ابنته حقق السياسي هذا الانتقام.

لقد اثبت الرجل السياسي صلاح مؤيد بتبرئته لها على الأقل أمام الناس، فلو سمع أي شخص بحقيقة مرضها أو حتى تسربت تلك الصور لتمّ تشويه سمعتها إلى الأبد.

لم يسمح السياسي بتشويه سمعة ابنته البريئة والتي كان يحبها، وكانت ثمرة حبه مع الفنانة الراحلة نوران التي كانت حب حياته.

لقد انتقم من أجل حبيبته وابنته وأيضا من أجل حفيديه، ولكنه لم يعوضهما فقدان والدتهما ولا فقدان جدتهما، ولكن أنس كان نعم الأب لهما.

لقد قدم لهما الكثير من الأمور الجميلة، ولكنه لم يستطع أن يكون على علاقة مباشرة معهما، فقد كان قراراه بالابتعاد عن نوران وعائلتها قرارا لا رجعة فيه إلا أنه لم يكن ليسمح لمن ظلم ابنته وقتلها بالفرار ولا بعيش حياته بشكل عادي، فحقق انتقامه لكي ترتاح روح ابنته.

Sommaire

إهداء.. 5

الحقيقة الكامنة 7

ثمرة الحب 9

عائلة فنية 11

الرعاية من بعيد 17

عشق وحب 30

حب وحياة 32

فاجعة الموت 35

نجم صاعد 39

سيرة مهنية 41

البدايات الناجحة 42

تحقيق النجاح 44

الزوج المناسب 56

عرض زواج 59

بوادر الحب 61

طموح امرأة 65

اقتراب يوم الفراق 71

الفراق.. 78

العودة إلى روتين الحياة 82

إدعاء بالخيانة 87

الصداقة: ثوب الثعبان 93

الحكمة في اتخاذ قرار 99

كسر للجبر 102

عملية جراحية مفاجئة 112

عيد ميلاد 116

لعبة جديدة 119

ضيفة الشرف 124

خطة محكمة الأركان 128

الوقوع في الفخ 135

المكيدة المدبرة 141

إنقاذ ما يمكن إنقاذه 144

الحل الوحيد.. الفراق 147

تحقيق الانتقام.. 151

الفهرس 156

www.ingramcontent.com/pod-product-compliance
Lightning Source LLC
Chambersburg PA
CBHW060931140726
47996CB00001B/458